獻給亞當，他向來準時 ＊

特別感謝克里斯和維若妮卡

© 拉拉上學又遲到啦

文　　圖	妮可拉‧肯特
譯　　者	吳其鴻
責任編輯	楊雲琦
美術設計	陳智嫣
版權經理	黃瓊蕙
發 行 人	劉振強
發 行 所	三民書局股份有限公司
	地址　臺北市復興北路386號
	電話　(02)25006600
	郵撥帳號　0009998-5
門 市 部	(復北店)臺北市復興北路386號
	(重南店)臺北市重慶南路一段61號
出版日期	初版一刷　2018年7月
編　　號	S 858471

行政院新聞局登記證局版臺業字第○二○○號

有著作權‧不准侵害

ISBN　978-957-14-6393-3　(精裝)

http://www.sanmin.com.tw　三民網路書店

＊這是真的，也可能不是。

拉拉
上學又遲到啦

妮可拉·肯特／文圖

吳其鴻／譯

三民書局

星期一早上，
拉拉跳上她的腳踏車，
騎車去上學。

但是一根長釘子，

唾不！

長子特釘

害她的腳踏車變成這個樣子。

討厭！

叭！

拉拉！

所以拉拉……

對不起

督讀堵肚！

……上學遲到啦！

拉拉有點難過，
她喜歡那輛腳踏車，輪胎和喇叭都不錯。
她抓抓頭……明天要怎麼去上學？

滑板？

滑板車？

獨角獸？

星期二早上，拉拉出門時，

彈跳經過戲水池。

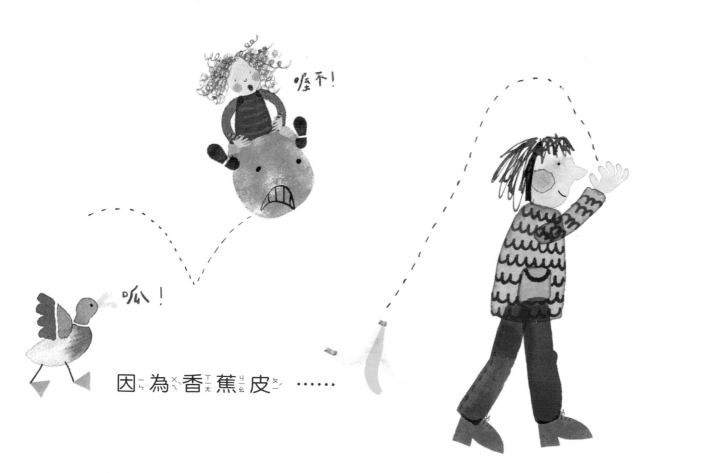

因為香蕉皮……

所以ㄙㄨㄛˇ以ㄧˇ拉ㄌㄚ拉ㄌㄚ……

擰ㄋㄧㄥˊ

……上ㄕㄤˋ學ㄒㄩㄝˊ遲ㄔˊ到ㄉㄠˋ啦ㄌㄚ！　對不起

拉拉！

星期三早上，
拉拉靠自己，

做了一個特製傳送器。

可ㄎㄜˇ惜ㄒㄧ運ㄩㄣˋ氣ㄑㄧˋ太ㄊㄞˋ差ㄔㄚ ……　　　　她ㄊㄚ又ㄧㄡˋ回ㄏㄨㄟˊ到ㄉㄠˋ家ㄐㄧㄚ！

所(ㄨㄛˇ)以(ㄧˇ)拉(ㄌㄚ)拉(ㄌㄚ)上(ㄕㄤˋ)學(ㄒㄩㄝˊ)又(ㄧㄡˋ)遲(ㄔˊ)到(ㄉㄠˋ)啦(ㄌㄚ)！

星期四早上，
拉拉買下鄰居的冠軍騾子。

謝謝

叮鈴

寶貝，再見！

騾子待售
100% 快速

他們全速向前……

啾！

衝啊！

呱！

嘶 嘶
咿吼！

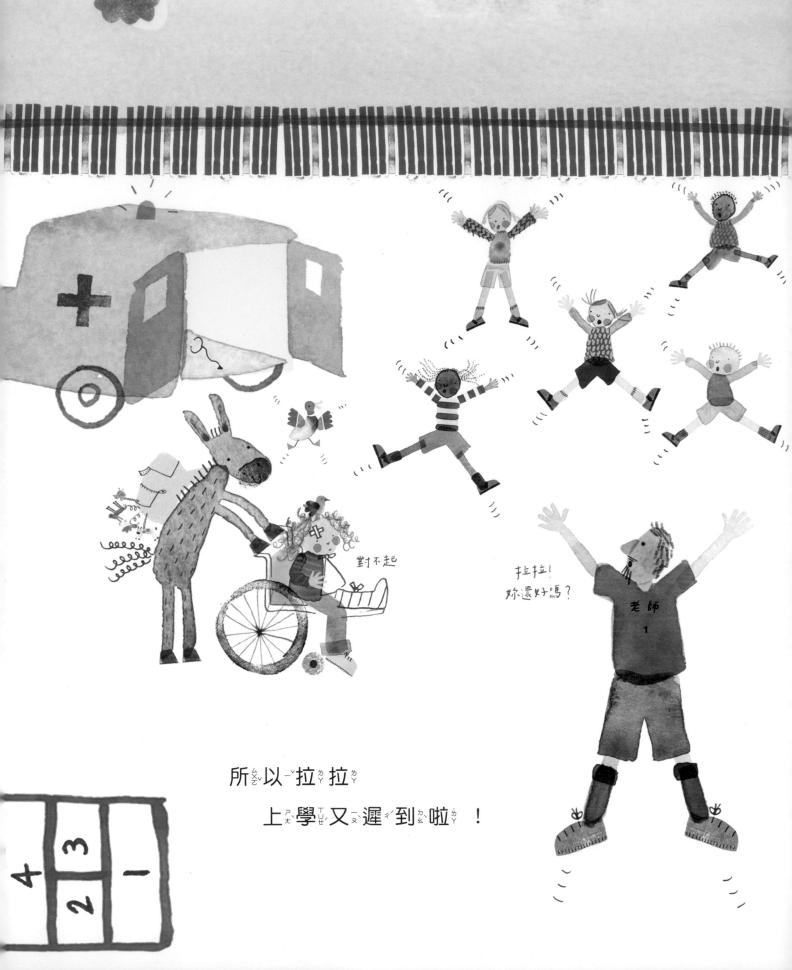

所以拉拉
上學又遲到啦！

星期五，拉拉一早就
為飛機加滿火箭的燃油。

寶貝，再見！

拉拉馬上就……

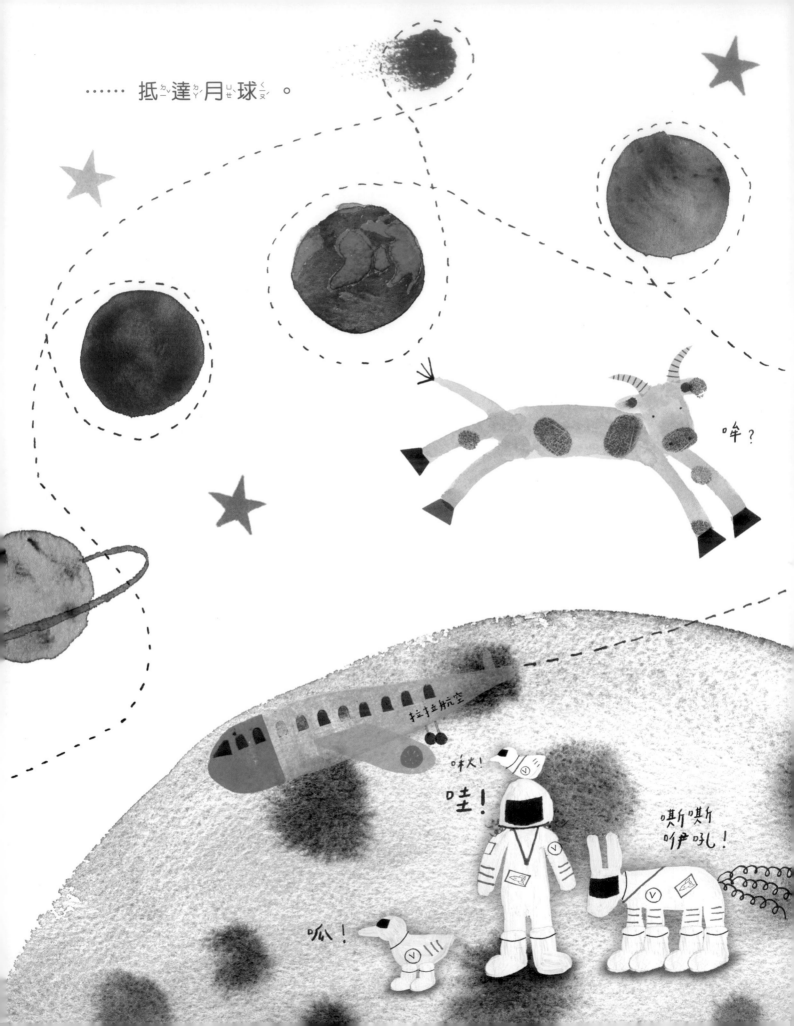

‧‧‧‧‧ 抵ㄉ一ˇ達ㄉㄚˊ月ㄩㄝˋ球ㄑ一ㄡˊ。

所以ㄙㄨㄛˇ以ㄧˇ拉ㄌㄚ拉ㄌㄚ
上ㄕㄤˋ學ㄒㄩㄝˊ又ㄧㄡˋ遲ㄔˊ到ㄉㄠˋ啦ㄌㄚ！

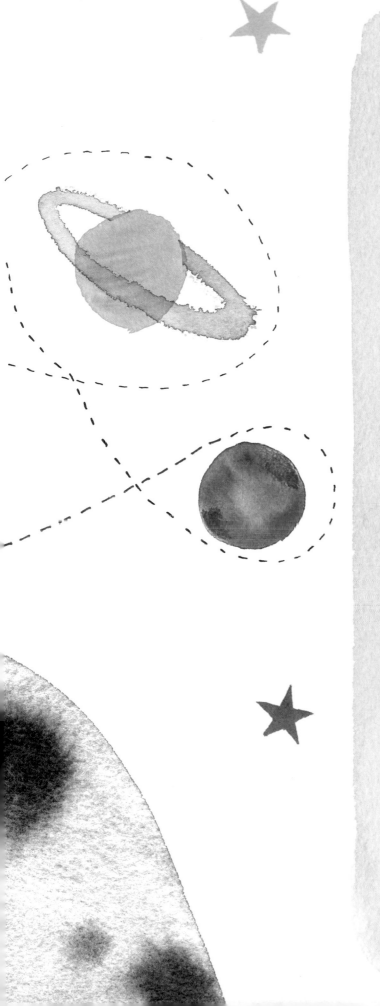

對不起

拉拉！
半小時前就放學啦！

只好這麼做了。

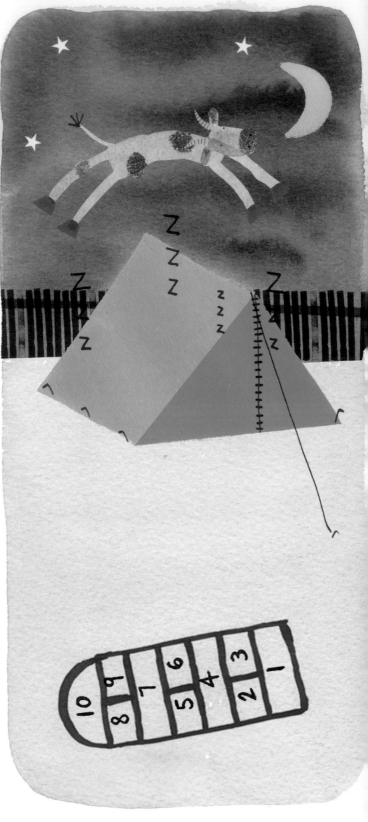

星期五晚上，　　　　　拉拉決定在校門外露營。

她_{ㄊㄚ}準_{ㄓㄨㄣˇ}時_{ㄕˊ}起_{ㄑㄧˇ}床_{ㄔㄨㄤˊ}， 排_{ㄆㄞˊ}在_{ㄗㄞˋ}隊_{ㄉㄨㄟˋ}伍_{ㄨˇ}最_{ㄗㄨㄟˋ}前_{ㄑㄧㄢˊ}方_{ㄈㄤ}……

但今天是星期六啊！拉拉……

拉ㄌㄚ拉ㄌㄚ真ㄓㄣ的ㄉㄜ很ㄏㄣ難ㄋㄢ過ㄍㄨㄛ。
什ㄕㄣ麼ㄇㄜ方ㄈㄤ法ㄈㄚ她ㄊㄚ都ㄉㄡ試ㄕ過ㄍㄨㄛ！
都ㄉㄡ怪ㄍㄨㄞ那ㄋㄚ根ㄍㄣ長ㄔㄤ釘ㄉㄧㄥ子ㄗ，
刺ㄘ破ㄆㄛ腳ㄐㄧㄠ踏ㄊㄚ車ㄔㄜ的ㄉㄜ輪ㄌㄨㄣ子ㄗ！

不ㄅㄨ過ㄍㄨㄛ……

…… 太好了！她有辦法了！呼！

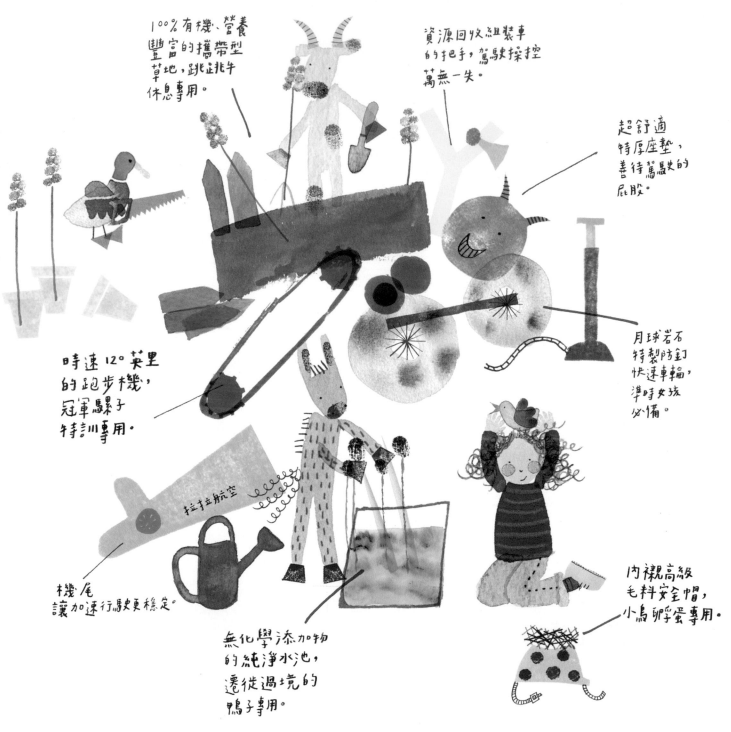

100% 有機、營養豐富的攜帶型草地，跳跳牛休息專用。

資源回收組裝車的把手，駕駛操控萬無一失。

超舒適特厚座墊，善待駕駛的屁股。

時速 120 英里的跑步機，冠軍騾子特訓專用。

月球岩石特製防釘快速車輪，準時女孩必備。

拉拉拉航空

機尾讓加速行駛更穩定。

無化學添加物的純淨水池，遷徙過境的鴨子專用。

內襯高級毛料安全帽，小鳥孵蛋專用。

一整個星期天，從早上到半夜，
拉拉不停工作，想扭轉這一切。

星期一早上，彷彿出現了奇蹟！
老師簡直不敢相信自己的眼睛。

哇！拉拉！

早安！

因為拉拉……
準時到學校啦！
而且她的特製腳踏車……

是特大號列車！

它超級快、超級帥，

這輛腳踏車是全校的最愛。

放學的時候，所有朋友都迫不及待

要搭拉拉的車回家！

全新！
特別車廂
特別乘客專用

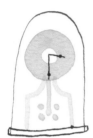    

  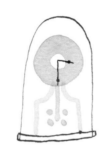  

   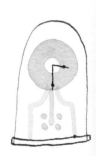